# Erben der Gezeiten

## 2040

# Erben der Gezeiten

## 2040

Katharina Pomorski

Bibliografische Information der Deutschen Nationalbibliothek: Die Deutsche Nationalbibliothek verzeichnet diese Publikation in der Deutschen Nationalbibliografie; detaillierte bibliografische Daten sind im Internet über dnb.dnb.de abrufbar.

2. Auflage
© 2019 Katharina Pomorski

Herstellung und Verlag: BoD – Books on Demand, Norderstedt

ISBN: 978-3750414914

# Kapitel 1

*Alle Maßnahmen gegen weitere Kriege und den Klimawandel konnten uns nicht retten. Nicht vor dieser Katastrophe, die in den Tiefen des Universums ihren Ursprung hatte. Niemand hatte mit ihr gerechnet, niemand hatte sie kommen sehen. Die Panik, die auf der ganzen Welt ausbrach, vermag ich nicht in Worte zu fassen. Die Menschheit war noch geschwächt von den Folgen des letzten Krieges. 2040 sollte ein Jahr des Friedens werden.*

*Als die Erde zu beben begann, waren wir nicht alle überdurchschnittlich intelligent, sondern hauptsächlich normale Menschen, die ein einfaches Leben führten. Der Frieden stand im Vordergrund. Innerhalb von Minuten gab es für uns keine Regierungen und keine Elite mehr. Wir waren auf uns allein gestellt. Im Angesicht der Naturgewalten erschienen wir auf einmal so klein und verloren. Wir mussten einem uralten Instinkt folgen, der unsere Vorfahren in der Vergangenheit hatte überleben lassen.* **Und ihr wolltet zum Mars**.


Es lag eine schlaflose Nacht hinter meiner Familie. Die unheilbare Krankheit meines Vaters begann seinen Verstand zu beeinflussen, ließ ihn langsam zerfallen. Trotz seiner Medikamente mussten seine Ärzte und wir machtlos mit ansehen, wie es ihm täglich schlechter ging. Im Morgengrauen war er endlich eingeschlafen, Seite an Seite mit meiner Mutter, die seine Hand selbst im Schlaf nicht losließ. Sie liebte ihn wie am ersten Tag und mein Herz zerbrach, wenn ich das Leid in ihren smaragdgrünen Augen sah. Ihr langes Haar hatte die Farbe von Kupfer, ebenso wie das meine. Ich war ihr Ebenbild und unterschied mich nur im Charakter von ihr. Sie war impulsiv, ich zurückhaltend. Meine ausgeprägte Empathie hatte sie schon oft an ihre Grenzen gebracht und trotzdem blieb sie in diesen Momenten bei mir. Sie schaffte mir ein Refugium, in dem ich Schutz suchen konnte.

Meine Mutter gab mir den Namen Tamaya — *Die eine, die im Mittelpunkt von allem steht* — in Gedenken an die indianische Frau, die sie in den Weiten der Prärie schwer verletzt, und von ihrer Truppe zum Sterben zurückgelassen, gefunden hatte. Sie brachte sie unter Einsatz ihres eigenen Lebens in das Reservat ihres Stammes und pflegte sie dort gesund. Der Winter unterbrach den damals noch jungen Krieg und zwang die einzelnen Seiten zu einem kurzen Moment des

Friedens. Der Frau und ihrem Stamm verdankte auch ich mein Leben, denn ich wurde nur ein halbes Jahr später geboren. Meine Eltern wurden wieder vereint und kehrten mit mir zurück in ihr Heimatland.

Seit ich denken konnte, fragte ich mich, ob mein Name mir einmal mein Schicksal offenbaren würde. Ich wusste, dass Namen uns prägten, einige sogar unser ganzes Leben bestimmten. Ich war der Mittelpunkt meiner Eltern. Sie hätten ihr Leben für meines gegeben. Es war meine Aufgabe, nach dieser Nacht schützend über sie zu wachen. Als Kind der See kannte ich die Macht der Gezeiten, wusste um die Gefahren von Ebbe und Flut. Siebzehn Jahre waren sie meine ständigen Begleiter, vor allem aber treue Gefährten in dunklen Zeiten gewesen. Umgeben von klarem Wasser begann ich von fremden Welten zu träumen, in denen das Leben kein Kampf ums Überleben war. Wie viele andere war ich in Zeiten des Krieges aufgewachsen, der Tod war somit kein Fremder für mich. Ich kannte die Privilegien kaum, die noch zu Anfang des 21. Jahrhunderts existiert hatten. Sie waren ein Teil unserer Geschichte, nicht mehr und nicht weniger. Die medizinische Versorgung begann gerade erst wieder zu existieren, Strom hatte es zunächst nur in den größeren Städten gegeben. Ich warf lediglich einen kurzen Blick auf unseren neuen Computer, bevor ich das Haus wieder verließ. Diese Technologie war mir fremd und sollte es auch bleiben. Der Krieg zerstörte nahezu alles, was die Menschheit in jahrzehntelanger Arbeit und unter großen Opfern erwirtschaftet hatte. Dass wir uns so schnell wieder versorgen konnten, war ein Wunder. Ebenso, dass so viele überlebt hatten. So jedenfalls versuchte man es uns einzureden. Die Wahrheit war das genaue Gegenteil. Wir hatten es geschafft, ganze Landstriche zu entvölkern. Die Menschen, die dort gelebt hatten, waren für immer fort. Frieden herrschte im Moment nur, weil unsere Kräfte erloschen waren. Dies war die brutale Realität, die man uns verschwieg und doch nicht vorenthalten konnte. Angespannt verfolgten wir jede Nachricht aus den immer noch existierenden Krisengebieten. Den führenden Regierungen gelang es nicht, eine stabile Währung einzuführen. Wissenschaftliche Projekte blieben unvollendet. Die Menschen waren darum bemüht, zu überleben und gleichzeitig damit beschäftigt, sich noch immer feindselig gegenüber zu stehen. Kaum jemand hatte etwas aus den Kriegen der Vergangenheit und Gegenwart gelernt. Da es nicht mehr um Geld gehen konnte, ging es stattdessen um Macht, um Gebiete, um Religionen. Immer fanden sie einen anderen Grund, riefen mehr und mehr Frauen und Männer zu den Waffen, zuletzt sogar die Kinder. Es war niemand übrig gewesen, der hätte eingreifen können. Alle Befürworter des Friedens waren in den frühen Monaten des Krieges spurlos verschwunden, eliminiert auf Grund ihres Standpunktes.

Die Vögel am Himmel flogen ungewöhnlich tief. Ich lauschte ihren Rufen und verfolgte ihre Bahnen genau. Sie schienen nicht zur Ruhe zu kommen. Ich zog die Tür hinter mir zu und lief die wenigen Meter bis zum Deich. Es war Ebbe, so wie ich es erwartet hatte. Dennoch war etwas anders. Ich wusste, die Tiere waren nicht ohne Grund unruhig. Etwas schien ihnen Angst zu machen. Keine einzige Wolke war zu sehen, ein aufkommendes Gewitter schloss ich somit aus. Die klare See, die sich noch weit am Horizont befand, war ruhig.

Der Boden unter mir begann sich zu bewegen. Nur leicht, aber ich bemerkte es. Es war keine Einbildung, denn nach nur wenigen Minuten spürte ich die Bewegung ein zweites Mal. Ich fragte mich, ob uns ein Erdbeben bevorstand. Ich kehrte zum Haus zurück und schaltete das Radio ein. Fast eine Stunde lang ließ ich es laufen, doch es kamen keine Meldungen. Alles schien so ungewöhnlich friedlich. Ich hätte all meine Beobachtungen der Müdigkeit zugeschrieben, wäre nicht das seltsame Verhalten der Vögel gewesen. Angst breitete sich in mir aus. Es war die Ungewissheit, die sie auslöste.


Ich schlief unruhig in der darauffolgenden Nacht. In meinen Träumen sah ich meterhohe Wellen und hörte das Heulen der Sirenen. Doch mir wurde schnell bewusst, dass dies kein Traum war. Der laute Klang der Sirenen hallte durch die Räume unseres Hauses. Zu Kriegszeiten hatten sie vor Luftangriffen gewarnt, in früheren Zeiten vor nahenden Stürmen. Mir brach der kalte Schweiß aus, als ich nach meiner Jacke und meinen Schuhen griff und auf den Flur hinaustrat. Ich wurde beinahe von den Füßen gerissen, als der Boden sich zu bewegen begann. Die Bilder an den Wänden fielen krachend zu Boden und zersprangen in tausend Stücke. Ich schaffte es bis in das Wohnzimmer. Dort kniete meine Mutter und presste ein Handtuch auf ihr blutendes Bein. Ich wollte ihr zur Hilfe kommen, aber sie hielt mich zurück.

„Nein, wir müssen deinen Vater von hier fortbringen! Geh, finde jemanden, der uns fahren kann, beeil dich!“

Ich wollte sie nicht zurücklassen, aber ihre Anweisung war eindeutig gewesen. Die Angst in ihrer Stimme war mir fremd und trieb mich an. Wenn sie sich fürchtete, musste die Lage ernst sein. Wie ich musste sie etwas gefühlt haben, stärker als jeder Sturm und gefährlicher als jeder Luftangriff.

Die wenigen Straßen waren voller Menschen. Eltern riefen panisch nach ihren Kindern. Ich versuchte, ihre Rufe auszublenden und wollte ein letztes Mal in

Richtung Deich laufen. Ich missachtete die drohende Gefahr weiterer Beben.

Auf der Deichkrone angekommen, erwartete ich den Anblick der nächtlichen Flut. Aber das Wasser war fort. Ich kniff die Augen zusammen und starrte angestrengt in die Ferne. Was ich sah, nahm mir den Atem. Ich sah die meterhohen Wellen aus meinem Traum. Für einen Moment war ich wie gelähmt. Meine Beine wollten mir kaum gehorchen. Ich lief den Menschen entgegen und hörte, wie sich meine Stimme über alle anderen erhob.

„Bringt euch in Sicherheit! Das Wasser kommt!"

Sie schienen meine Worte wie in Zeitlupe wahrzunehmen. Ein, zwei, drei Atemzüge vergingen, dann begannen sie um ihr Leben zu laufen. Ich selbst lief so schnell, dass ich glaubte zu fliegen. Mit zitternden Händen schloss ich die Tür unseres Hauses auf und stürzte ins Wohnzimmer.

„Niemand wird uns helfen!", keuchte ich völlig außer Atem. „Das Wasser steuert direkt auf uns zu. Wir müssen sofort weg von hier!"

„Auf das Dach!", antwortete Mama knapp und half Papa auf, der sie nur verständnislos ansah. Ich stützte ihn von der anderen Seite und gemeinsam schafften wir es bis zum Dachboden. Ich kletterte zuerst durch die Dachluke. Hinter mir ging Papa mit einem protestierenden Laut zu Boden und zog Mama mit sich. Seine feste Umklammerung ließ sie gequält aufschreien.

„Hör auf!", rief ich verzweifelt und streckte Papa meine Hand entgegen. Mein Herz raste vor Angst, aber ich musste ihm jetzt Ruhe und Sicherheit vermitteln. Ich versuchte, mich vollkommen auf ihn zu konzentrieren.

„Komm zu mir, Papa. Nimm meine Hand."

Nur zögerlich ließ er Mama los und stand auf. Dann näherte er sich mir langsam. Ich lächelte und nickte ihm aufmunternd zu.

„Siehst du, alles ist gut. Komm zu mir!"

Vertrauensvoll ergriff er meine Hand und ich half ihm durch die Luke. Erst nachdem ich mich vergewissert hatte, dass er sicher auf dem Dach stand, sah ich mich nach meiner Mutter um. Sie saß auf dem Boden des Dachbodens. Jegliche Farbe war aus ihrem Gesicht gewichen. Ich konnte sehen, dass sie starke Schmerzen hatte. Ihre Wunde, die sie nur provisorisch versorgt hatte, blutete wieder. Sie musste schnellstmöglich neu verbunden werden.

„Mama, geht es dir gut? Soll ich dir hochhelfen?"

„Es ist alles in Ordnung, ich komme", sprach sie, atmete aber noch einmal tief durch, bevor sie mir folgte. Ich vergaß meine Sorge um ihre Wunde, als ich schließlich das Dach betrat und in die vor Schrecken geweiteten Augen unserer Nachbarn blickte. Vor unseren Augen brach der Deich unter den Massen wie ein dürrer Ast und ließ das Wasser direkt auf uns zusteuern.

## Kapitel 2

*6 Monate später.* Die Erde bestand aus tiefen Tälern, undurchdringlichen Wäldern und gewaltigen Wassermassen, die unter der Aufsicht des Mondes kamen und gingen. Sicheres Land gab es nur wenig und noch weniger Stunden, um auf ihm voran zu kommen. Niemand wusste, wo es sicher war. Ich lief durch Gebiete, die in der Vergangenheit so nicht existiert hatten. Die Beben und das Wasser hatten eine neue

Welt geschaffen. Ich fragte mich, ob es einen Ort gab, an dem die Gezeiten das sichere Land nur streiften, anstatt ihm weiterhin mit Zerstörung zu drohen. Wenn es noch Reste von Zivilisation gegeben hatte, waren diese nun endgültig fort. Das Wasser bereinigte alles, was der Mensch je bebaut hatte. An die zerstörten Gebäude würde sich niemand mehr erinnern. Begünstigt durch die Wassermassen eroberte die Natur Stück für Stück zurück, was ihr schon lange zustand. Ich musste einen Moment innehalten, bevor ich meinen Weg fortsetzte. Ich wusste nur, dass es immer weiter gehen würde. Die Ränder der Welt waren ein Mythos.

Die letzten Menschen waren auf der Flucht, auch wenn sie nicht mehr um ihr Leben liefen. Die Gezeiten hatten sich zu unseren Herrschern erhoben. Sie zeigten mir eine blühende Welt, auf der neues Leben entstand.

„Es ist wunderschön, nicht wahr?"

Die tiefe Stimme über mir ließ mich aufblicken. Sie gehörte zu einem Mann in den Dreißigern, der mir freundlich die Hand entgegenstreckte. Für einen Moment konnte ich ihn nur anstarren, so gefesselt war ich von seinem Anblick. Die Menschen, die ihn begleiteten, hatten einen Halbkreis um uns gebildet und beobachteten unsere erste Begegnung mit lächelnden Gesichtern. Es waren Gesichter, denen ich Vertrauen schenken wollte. Am Ende allen Anfangs sah ich das erste Mal in meinem Leben Native Americans. Ich wollte, dass sie ein Teil meines Lebens wurden. Woher dieser plötzliche Wunsch kam, wusste ich nicht. Er war tief in mir verankert und glich einer uralten Sehnsucht. Die Nacht brach über diese Szene der Zusammenführung herein und ich spürte den kalten Ostwind auf meinem Gesicht. Es würde bald Schnee geben. Ich überwand meine letzten Zweifel und ergriff die Hand des fremden Mannes. Sie war warm und legte sich beinahe schützend um die meine. Ich atmete tief durch und blickte dann in seine stahlgrauen Augen. Seine dunkelblonden Haare erinnerten mich an einen Mann, der mich viele Jahre lang beschützt hatte. Aber mein Vater war tot, besiegt von einem Gegner, der so viel mächtiger als er gewesen war.

„Du musst keine Angst haben“, sprach der Fremde und schenkte mir ein Lächeln. „Wir alle halten zusammen, das ist unser oberstes Gesetz.“

Der Name des Fremden war Aaron. Vermutlich war er doppelt so lange wie ich unterwegs, wenn nicht noch länger. Seine Begleiter waren etwa vierzig Männer, Frauen und Kinder, alle aus unterschiedlichen Stämmen. Aaron war der einzige Weiße unter ihnen. Er musste schon eine Weile unter ihnen leben, denn er sprach ihre Sprache. Fasziniert lauschte ich seinen Worten und prägte mir den Namen jeder einzelnen Person ein. Besonders Maiara, eine Medizinfrau, hatte es mir angetan. Als sie bemerkte, dass ich fror, trat sie auf mich zu. Sie nahm eines der Tierfelle vom Wagen herunter und legte es um meine Schultern. Ich schenkte ihr einen dankbaren Blick, aber war unfähig, mein Schweigen zu brechen. Sie legte für einen Moment die Hand auf meinen Arm und nickte. Wir verstanden uns auch ohne Worte und ich spürte, dass uns schon jetzt ein starkes Band verband.

Die Gruppe nahm mich in ihre Mitte und führte mich auf eine sichere Anhöhe. Von dort aus beobachteten wir die herannahende Flut, die für die Menschen selbst noch Monate nach der Katastrophe eine Gefahr darstellte. Ich setzte mich auf einen Stein und blickte hinauf in den wolkenverhangenen Himmel. Tatsächlich begannen die ersten Schneeflocken zu fallen. Sie streiften mein Gesicht und schmolzen in meiner ausgestreckten Hand. Aaron gesellte sich zu mir. Er reichte mir einen Becher mit Wasser.

„Ich möchte dir anbieten, uns zu begleiten“, sprach er und wartete dann geduldig auf meine Antwort. Es war die Wärme in seiner Stimme, die mich schließlich antworten ließ. Es war, als fiele eine gewaltige Last von mir ab.

„Wohin wollt ihr gehen? In dieser Welt gibt es keinen Anfang und kein Ende.“

„Der Ort wird als Mittelpunkt der Welt bezeichnet. Wir haben gehört, dass es dort sicher sein soll. Die Hoffnung stirbt zuletzt, nicht wahr?“

Ich nickte, aber war in Gedanken weit weg von ihm. Erst die leichte Berührung auf meiner Hand ließ mich zu Aaron zurückkehren.

„Wo ist deine Familie?“, fragte er mit sanfter Stimme. Ich schluckte und drängte die aufsteigenden Tränen zurück.

„Ich bin allein. Meine Eltern haben mich verlassen.“

Ich sprach das erste Mal seit Monaten von meinem Verlust, der mir noch immer das Herz zu zerreißen schien. Ich durchlebte die Qualen aufs Neue. Aaron hörte mir schweigend zu, nur ab und an nickte er. Wie in Trance sprach ich in die Dunkelheit hinein. Während der gesamten Zeit ließ Aaron zu, dass ich seine Hand fest umschlossen hielt. Ich dagegen bemerkte es kaum.

„Meine Mutter wurde bereits vor der ersten Welle verwundet. Es ging alles so schnell und wir hatten keine Zeit, um sie zu versorgen. Das Wasser kam und hinterließ eine Schneise des Todes. Wir harrten auf den Dächern unserer Häuser aus. Es ist ein Wunder, dass sie unter der Wucht des Wassers nicht einstürzten. Nach einem halben Tag schien das Schlimmste überstanden zu sein. Aber es war so totenstill, noch nicht einmal die Vögel sangen.“

Ich spürte, dass ich die Tränen nicht länger zurückhalten konnte. Sie liefen stumm an meinen Wangen hinunter und fielen in den Schnee.

„Wir haben geholfen, wo wir konnten. Mama hat ohne Pause gearbeitet. Sie war für alle da, nur nicht für sich selbst. So ging es tagelang, bis sie vor meinen

Augen zusammenbrach. Die Wunde an ihrem Bein hatte sich entzündet und sie bekam hohes Fieber. In all dem Chaos konnte ich noch nicht einmal Tabletten, geschweige denn einen Arzt auftreiben. Drei Tage habe ich um ihr Leben gekämpft. Am vierten Morgen ist sie nicht mehr aufgewacht. Ich konnte sie nicht retten und das werde ich mir niemals verzeihen!"

„Niemand hätte das gekonnt", antwortete Aaron und hob mein Kinn, um mir in die Augen zu blicken. „Du bist bei ihr geblieben und hast sie nicht allein gelassen. Das ist so viel mehr wert. Sie wusste, dass du über sie wachst."

Ich nickte und stand dann auf. Ich lief bis zu den steinernen Klippen, Aaron folgte mir. Er wusste, dass meine Geschichte noch nicht zu Ende war. Ich atmete die kalte Luft ein und ließ meinen Blick über das Wasser schweifen.

„Es war an einem Ort wie diesem. Mein Vater, gezeichnet von seiner jahrelangen Krankheit, war an jenem Morgen bei vollem Verstand. Er schrie nicht vor Schmerzen, er schlug nicht wild um sich. Er fragte mich, wo Mama sei, und ich wusste für einen Moment nicht, was ich ihm antworten sollte. Zu diesem Zeitpunkt war sie bereits seit über sechs Wochen tot. Verstehst du, sie war fort und er hatte nichts davon mitbekommen. Die Wahrheit traf ihn wie einen Schlag, ich konnte es in seinem Gesicht sehen. Wir hatten ihr Grab lange hinter uns gelassen, denn unsere Heimat gab es nicht mehr.“

Ich erinnerte mich an die Nachbeben und Erdrutsche, die einige Mitglieder meiner Gemeinschaft das Leben gekostet hatten.

„Dort draußen war es gefährlich. Wir begegneten anderen Überlebenden, die sich in Richtung Norden durchschlagen wollten. Ich frage mich, ob sie ihr Ziel erreicht haben. Papa war nach der Nachricht von Mamas Tod wie verändert. Er hatte keine Anfälle mehr, was ich als gutes Zeichen deutete, denn wir hätten auch keine Medikamente mehr gehabt, um seine Beschwerden zu lindern. Vielleicht ist es der Überlebensinstinkt, der einen Menschen zwar nicht heilen, aber seinen Zustand deutlich verbessern kann. Unsere kleine Gemeinschaft war mein Hafen und mein

Vater war mein Fels, so wie er es früher gewesen war. Bis einer unserer Nachbarn ihn fand."

„Am Rande einer Klippe?", fragte Aaron leise. Ich schüttelte den Kopf.

„Er lag im Wasser, weit unter mir und somit unerreichbar. Er hat mich verlassen, als ich ihn am dringendsten gebraucht habe. Ich habe ihn verflucht und mich gleichzeitig dafür gehasst. Ich hatte kein Recht, über sein Leben zu bestimmen. Aber von diesem Moment an war ich allein. Ich verließ den Schutz der anderen, weil ich es nicht mehr aushielt. Ich dachte, dass meine bloßen Schuldgefühle mich erlösen würden. Die Realität sah anders aus. Ich musste meinem Instinkt folgen und wandte an, was ich schon als Kind gelernt hatte. Nur aus diesem Grund habe ich so lange überlebt."

Aaron und ich schliefen nicht in dieser Nacht. Wir spürten, dass wir aus einem bestimmten Grund an diesem Ort zueinander gefunden hatten. Ich wollte ihm Vertrauen schenken und an seiner Seite bleiben. In meinen Augen war er ein Anführer, der für jedes einzelne Mitglied seiner Gemeinschaft in den Tod gehen würde. Als ich ihm meine Gedanken mitteilte, wurde er für einen Moment still. Es fiel ihm schwer, die richtigen Worte zu finden.

„Du irrst dich. Während des Krieges habe ich meine Kameraden im Stich gelassen. Ich rebellierte wie ein Feigling und fand schließlich Zuflucht in einem der letzten Reservate. Die Menschen dort riskierten ihr Leben, um mich zu verstecken. Was du glaubst in mir zu sehen, hat niemals existiert."

„Du hast dich aufgelehnt, das ist alles andere als feige", antwortete ich.

„Ich höre jede Nacht die Schreie der zum Sterben zurückgelassenen Männer und Frauen. Sie sind für mich verloren. Ich kann nur noch jene beschützen, die mir einst so selbstlos Schutz boten. Ich stehe auf ewig in ihrer Schuld."

Bevor die ersten Sonnenstrahlen durch die dichte Wolkendecke brachen, folgte ich meiner neuen Gemeinschaft in eine ungewisse Zukunft. Der Schnee dämpfte unsere Schritte, die Welt um uns herum schwieg. Weit hinter dem Horizont erwartete uns der Mittelpunkt der Welt und ich suchte ihn nicht länger allein. Aaron war an meiner Seite und mit ihm ein neues Leben.

## Kapitel 3

Das Tal vor uns war überzogen mit Eis und Schnee. Es glich vielen Orten, die wir in den letzten Wochen unserer Reise gesehen hatten. Ein Sturm lag in der Luft. Ich passierte die anderen Mitglieder unserer Gemeinschaft und erreichte schließlich Aaron, der seinen Blick besorgt zum Himmel gerichtet hatte. Wie ich wusste er, was uns bevorstand, wenn wir weiterzogen. Der Tod würde ganz in Weiß gekleidet sein.

„Aaron? Wir müssen Schutz suchen.“

„Ich weiß“, antwortete er abwesend und setzte seinen Weg fort, ohne weiter auf mich einzugehen. Hatte er etwas entdeckt? Ich folgte ihm, doch mit jedem unserer Schritte wurde mir bewusst, dass er nicht mehr weiter wusste. Wir alle waren geschwächt, einige zeigten erste Anzeichen von Erschöpfung. Das Weinen der kleinsten Kinder war verstummt. Sie lagen kraftlos in den Armen ihrer Eltern und benötigten dringend Nahrung und Schlaf. Verzweifelt ließ ich meinen Blick schweifen. Es hatte wieder zu schneien begonnen. Ich kniff die Augen zusammen, um meine Umgebung besser wahrnehmen zu können. Die Strapazen der letzten Tage waren auch an mir nicht spurlos vorbeigegangen.

Ich stutzte, als ich in einiger Entfernung schemenhafte Umrisse zu erkennen glaubte. Ich entfernte mich von Aaron, der mein Verschwinden nicht bemerkte. Meine Schritte beschleunigten sich. Vor mir, tief von der Natur in den massiven Fels getrieben, befanden sich Dutzende von kleineren und größeren Höhlen. Sie grenzten an dichte Wälder und einen breiten Fluss. Ich konnte mein Glück kaum fassen. Beinahe schien es mir, als würde ich träumen. Ich sammelte meine letzten Kräfte und lief zurück zu Aaron.

„Dort sind Höhlen! Hörst du, wir sind in Sicherheit!"

Er drehte sich zu mir um, sein Blick folgte meinem ausgestreckten Arm. Sein Gesicht hellte sich schlagartig auf. Ich wollte meine Freude mit ihm teilen, doch bemerkte erst jetzt, dass meine Entdeckung nicht der

Grund für seinen Wandel war. Aus einer der Höhlen war eine fremde Frau getreten, die ihm zuwinkte und seinen Namen rief. Aaron lief los und hatte sie nach nur wenigen Metern in seine Arme geschlossen. Ich spürte, wie sich ein Gefühl in mir ausbreitete, das ich zuvor nicht gekannt hatte. Mir wurde heiß und kalt.

Wortlos drehte ich mich um und kehrte zu den anderen zurück. Ein tiefer Schmerz schoss durch meinen Körper und schien mein Herz zu zerreißen. Mit jedem meiner Schritte wurde er schlimmer. Schon von weitem schenkte Maiara mir einen mitfühlenden Blick. Aarons Reaktion auf die fremde Frau hatte mir Tränen in die Augen getrieben, die ihr nicht verborgen blieben.

„Du solltest keine voreiligen Schlüsse ziehen. So schadest du dir nur selbst und tust ihm vielleicht Unrecht."

„Ich weiß, was ich gesehen habe", antwortete ich knapp und half ihr mit dem Wagen. Hinter uns zogen die anderen langsam in Richtung der Höhlen. Schließlich waren nur noch wir übrig. Maiara wollte mich noch nicht gehen lassen. Ihre Hand ruhte sanft, aber bestimmend auf meinem Arm. Mein Herzschlag beschleunigte sich. Ich konnte sie kaum ansehen.

„Vielleicht solltest du mir erzählen, wer sie ist."

Maiara antwortete nur zögerlich. Sie sah, wie ich mit mir kämpfte.

„Ihr Name ist Carol. Sie hat uns eine Weile begleitet, hat Zeit mit uns verbracht, vor allem aber mit Aaron."

Ich wusste, wovon sie sprach. Die Erkenntnis ließ meinen Schmerz wachsen und die Pfeiler meiner so unschuldigen Zuneigung schwanken.

„Liebt er sie?", konnte ich nur flüsternd hervorbringen, denn meine Kehle schien wie zugeschnürt. Maiara schüttelte langsam den Kopf.

„Er hat es niemals gezeigt oder ausgesprochen. Aber du solltest wissen, dass sie beide einsam waren. Aaron hatte seine Frau verloren und …"

„Er hatte eine Frau?", unterbrach ich sie leise. Für einen Moment gelang es mir, meinen Schmerz auszublenden.

„Für viele Jahre", fuhr Maiara fort. „Sie war ein so gütiger Mensch und Aaron hat sie sehr geliebt. Nach ihrem Tod zog er sich zurück. Erst als er Carol traf, begann er in seinem Leben wieder einen Sinn zu sehen."

Ich schwieg. Ein Teil von mir fühlte sich schuldig, ein anderer schien unter dem erdrückenden Gefühl der Einsamkeit zu zerbrechen. Es war mir nicht neu, schien mich aber stärker als je zuvor einzunehmen.

„Warum hat Carol euch verlassen?"

„Sie ist eine Einzelgängerin, zumindest habe ich sie als solche kennengelernt. Sie zog weiter, immer mit dem Bestreben, den Mittelpunkt der Welt zu finden. Hätte sie uns davon nicht erzählt, wären wir nicht hier."

„Dies ist der Mittelpunkt der Welt? Was macht dich so sicher?"

„Dieser Ort gibt mir Geborgenheit. Er ist ein Geschenk."

Sie schloss für einen Moment die Augen und ließ das Gefühl einer neuen Heimat auf sich wirken. Es vergingen nur wenige Sekunden, bis sie sich mir wieder zuwandte, und doch waren sie mir wie eine Ewigkeit vorgekommen.

„Wenn du möchtest, rede ich mit Aaron", sprach Maiara. „Er hat dich verletzt, das sehe ich in deinen

Augen. Du kannst deine Gefühle nicht verbergen, noch nicht einmal vor ihm.“

Sie hob ihre Hand und strich eine Träne aus meinem Gesicht. Als sich unsere Blicke trafen, sammelte ich neue Kraft. Ich sah meine Mutter vor mir stehen und mein Herz füllte sich mit Wärme.

„Ich rede mit ihm. Das Mindeste, was er mir jetzt schuldet, ist Ehrlichkeit.“

Während ich mich Carol und Aaron näherte, zog sich mein Herz erneut schmerzhaft zusammen. Aarons Blicke sagten mehr als tausend Worte. Er genoss Carols Anwesenheit in vollen Zügen. Ich räusperte mich und die beiden blickten auf. Sie waren so in ihr Gespräch vertieft gewesen, dass sie mich nicht hatten kommen sehen. In ihren Augen stand tiefe Vertrautheit.

„Aaron, wir müssen reden. Jetzt und unter vier Augen.“

Seine Reaktion versetzte mir einen Stich. Er merkte nicht, wie ernst es mir war. Ich hoffte, betete innerlich sogar, dass er meiner Bitte nachkommen würde. Doch seine Antwort nahm mir jegliche Hoffnung.

„Nur zu, Tamaya, ich habe vor Carol nichts zu verbergen."

Aber im Gegensatz zu ihm hatte Carol verstanden. Sie hob beschwichtigend die Hände und stand auf. Unsere Blicke trafen sich für einen Moment.

„Ist schon in Ordnung, ich lasse euch allein."

Als sie außer Reichweite war, warf Aaron mir einen enttäuschten Blick zu. Seine Stimmung hatte sich schlagartig verändert.

„War das wirklich notwendig? Du hattest noch nicht einmal den Anstand, sie mit Respekt zu behandeln!"

Ich war entschlossen, mich von ihm nicht einschüchtern zu lassen.

„Das war es, denn hier geht es nicht um Carol. Es geht um uns."

Angespannt wartete ich auf Aarons Reaktion. Wut und Angst wechselten sich ab und bestimmten meine Gedanken. Wenn er nicht beginnen würde, würde ich es tun. Er überlegte lange, bevor er endlich sein Schweigen brach.

„Was zwischen mir und Carol war, ist lange vorbei. Aber du musst akzeptieren, dass uns für immer etwas verbinden wird.“

„Das ist es nicht“, antwortete ich leise. „Denke zurück an den Tag unserer ersten Begegnung. Ich möchte wissen, was du dir damals erhofft hast. Was hast du in mir gesehen? Einen Trost? Einen Ersatz? Eine weitere Möglichkeit, alles auf dieser Welt auszublenden, das dich jemals verletzt hat?“

Aaron sah mich verständnislos an.

„Wovon sprichst du? Es geht dir doch nicht etwa um deine Ehre?“

„Ich bin achtzehn Jahre alt, du wärest der Erste für mich gewesen. Hast du eine Ahnung, was das bedeutet? Im Gegensatz zu Carol, die dich aus freien Stücken wieder verlassen hat, weil es in ihrer Natur liegt, würde ich in dieser Gemeinschaft bleiben. Ich würde dich jeden Tag sehen und damit leben müssen, wenn du genug von unserer *Zweisamkeit* hättest. Hast du wirklich gedacht, dass es so einfach wäre? Hier geht es um mehr als Ehre.“

„Woher sollte ich das wissen? Du hast es mir nie erzählt. Wie kommst du überhaupt darauf, dass ich dich so einfach fallen lassen würde?"

Ich dachte an Maiaras Worte zurück. Ich erinnerte mich daran, was ich gefühlt und später gesehen hatte. Der Kloß in meinem Hals wurde größer.

„Das alles spielt für mich keine Rolle mehr. Ich werde keine andere Frau ersetzen, schon gar nicht auf diese Weise. Ich habe dir vertraut, weil ich es so sehr wollte. Aber ein weiteres Mal wird mir das nicht passieren."

Ich machte eine bedeutsame Pause, atmete tief ein und aus und fuhr erst dann fort. Es fiel mir immer schwerer, meine Gefühle zu kontrollieren.

„Ich werde bei Maiara bleiben. Ich ertrage es nicht, wegen dir noch einmal durch die Hölle gehen zu müssen. Ebenso wenig wie du."

Aaron wollte zu einer Antwort ansetzen, aber ich hatte genug gehört. Ich wandte mich von ihm ab, auf meinem Gesicht brannten die Tränen in der kalten Winterluft. Unsere Ankunft im Tal, das Auftauchen Carols und unser Gespräch hatten meine Beziehung zu ihm innerhalb kürzester Zeit verändert, seine Reaktion hatte meinen Verdacht bestätigt. Ich wünschte mir nur noch, dass mein Herz sich verschließen und für immer schweigen würde.

# Kapitel 4

Vorsichtig grub ich die Wurzeln aus, die tief unter der Erde lagen. Sie würden uns helfen, den harten Winter zu überstehen. Ich richtete mich für einen Moment auf und sah zu Aaron hinüber, der gerade mit Carol sprach. Doch nicht er, sondern Maiara fing meinen Blick auf. Sie kam zu mir herüber und ließ ihre Hand auf meiner Schulter ruhen. Ich entspannte mich nur langsam. Sie war an meiner Seite geblieben, hatte meine Tränen und meinen Schmerz geteilt. Im Gegenzug erzählte sie mir von ihrem Gespräch mit Aaron. Ich wusste, sie liebte uns beide, aber er war seit vielen Jahren ihr bester Freund. Er stand nahe bei Carol, lachte und scherzte mit ihr. Ich senkte den Blick und wandte mich ab. Ich wollte mich in die Gemeinschaft einbringen und meinen Kummer ihn bezüglich ausblenden. Denn selbst wenn die beiden unbeschwert schienen, blieb unserer Gemeinschaft ein großes Problem: Die Nahrung wurde knapp. Das letzte Fleisch hatten wir bereits vor Tagen verbraucht und Fische ließen sich in dem zugefrorenen Fluss nur schwer fangen. Carol hatte uns von Wildtieren berichtet, die in den Wäldern lebten. Die Wälder waren undurchdringlich und gefährlich, doch Aaron wusste, dass wir sie trotz aller Risiken erkunden mussten. Die neue Welt hatte uns erneut zu Jägern und Sammlern gemacht und forderte unseren Überlebensinstinkt heraus. Dies war nicht die Endzeit, sondern unser aller Beginn. Ich prägte mir Aarons Worte ein und rief sie mir ins Gedächtnis, wenn ein besonders schlimmer Tag vorbeigegangen war. Vor allem die Ältesten unserer Gemeinschaft stellten sich ihrem härtesten Gegner.

Er besiegte sie zumeist im Schlaf und riss sie aus unserer Mitte. Um Raubtiere von unserem Lager fernzuhalten, verbrannten wir ihre Körper. Stunde um Stunde wachten wir, mit Fackeln in den Händen, an ihren letzten Ruhestätten. Das Licht des Feuers beschien unsere von Trauer gezeichneten Gesichter und offenbarte die Tränen, die eins mit der Dunkelheit der Nacht wurden. Ich blickte in die bemalten Gesichter der *Natives* und konnte ihren Schmerz fühlen. Sie sangen bis zum Morgengrauen für unsere Toten, um ihnen ihren Weg in das Jenseits zu erleichtern.

Die Männer verließen das Lager. Carol sah ihnen nach, allem Anschein nach unbesorgt um ihre Sicherheit. Ich dagegen war voller Sorge. Wir konnten nicht sagen, welche Gefahren dort draußen lauerten. In der Gemeinschaft waren wir stark, aber galten allein als besonders angreifbar. Ich kehrte zurück zu Maiara. Sie setzte ein paar Mal an, bevor sie aussprach, was sie schon seit Wochen beschäftigen musste. In jedem Fall schien es ihr wichtig zu sein.

„Die jungen Frauen dieses Tals sind die Zukunft unserer Gemeinschaft, ist dir das bewusst? Ihr werdet die Mütter der nächsten Generation sein. Und wer, wenn nicht Aaron, sollte mit dir den ersten Grundstein für diese Generation legen? Ich spüre, dass ihr für diese Aufgabe bestimmt seid."

„Ich weiß nicht, ob es richtig wäre, diese nächste Generation zu planen", antwortete ich nachdenklich.

„Manchmal denke ich, dass wir es nicht tun sollten. Was Aaron angeht, er hat bereits vor langer Zeit gewählt.“

„Du bist noch immer blind vor Eifersucht. Er wählte dich, auch wenn er es falsch angegangen haben mag. Du weißt, Aaron würde sein Leben für dich riskieren. Ich bitte dich, sprich mit ihm. Ich kann ihn nicht leiden sehen.“

Ich dachte über ihre Worte nach. Konnte die Zukunft der Menschheit am Ende wirklich von der Entscheidung einer einzelnen Frau abhängen? Von meiner Entscheidung? Würden wir früher dazu gezwungen sein, zu entscheiden, ob wir Leben schenken wollten? Ein großer Teil von mir fühlte sich nicht bereit dazu. Ich ahnte aber, dass Maiara auf ihr eigenes Schicksal hinweisen wollte. Wir befanden uns nicht mehr im Mittelalter und doch bestimmten Menschen in so vielen Teilen der Welt über das Leben anderer. Sie hatten keine Wahl gehabt, wenn es um Traditionen ging. Nicht bis zum Beginn der Katastrophe, die unser aller Leben von einem Tag auf den anderen verändert hatte. Sollte sich am Neuanfang nun alles wiederholen?

„Ich weiß, woran du denkst“, sagte Maiara. „Du ahnst, dass mir wiederfahren ist, was nun auch dich erwarten könnte. Ein Leben ohne Freiheit und mit erdrückenden Verpflichtungen. Du hast Recht, dies war mein Leben. Mein Vater verheiratete mich an einen fremden Mann. Er war nicht grausam, aber gefühllos. Einige unserer Stämme konnten nach dem Krieg alte Traditionen wieder aufleben lassen. Sie waren frei und ungebunden, was auf mich nach meiner Heirat nicht mehr zutraf. Ich folgte meinem Mann in sein Haus, wo er einen männlichen Nachfolger verlangte. Ich fühlte mich in die Vergangenheit zurückversetzt, aber beklagte mich nicht. Es vergingen viele Jahre, bevor ich überhaupt schwanger wurde. Als ich endlich sicher sein konnte, dass ich es war, verlor ich das Kind. Ich konnte es nicht verhindern.“

Ich fühlte den Verlust, den sie vor so langer Zeit erlitten hatte. Ich ergriff ihre Hand und hielt sie für einen Moment fest umschlossen.

„Dein Verlust tut mir leid. War niemand in der Lage, dein Kind zu retten?“

„Es war niemand mehr da, der über genügend Wissen verfügt hätte. Mein Mann hatte viele seiner Stammesmitglieder verloren. Diese zogen weiter, aus Angst vor Gewalt und Rivalitäten innerhalb des Stammes. Er hat daraufhin zu trinken begonnen und mich schließlich verstoßen. Ich weiß nicht, was aus ihm wurde. Ich kehrte zu meinem eigenen Stamm zurück. Mein Vater weinte bittere Tränen, als er mich in seine Arme schloss und versprach, mich nie wieder fortzuschicken. Er hat sein Wort bis zu seinem Tod gehalten.“

Die Erinnerung an ihren geliebten Vater ließ sie glücklich innehalten.

„Er hat den Frieden noch lange genug erleben dürfen und lehrte mich alles, was er über Medizin wusste. Wenn ich dir Kummer bereitet habe, tut es mir leid. Ich wollte dein Leben nicht mit dem meinen vergleichen. Aber du sollst wissen, dass ich heute vorbereitet bin. Und ich werde an deiner Seite sein, egal wie du dich entscheidest. Wir sind die Zukunft, vergiss das niemals.“

Das Wetter schlug um und es wurde bereits dunkel, als eine einzelne Person aus der Dunkelheit der Wälder auftauchte. Mein Herz setzte für einen Moment aus. Es war Aaron. So schnell ich konnte, lief ich auf ihn zu, aber bevor ich ihn erreichen konnte, ging er zu Boden. Er blutete an Beinen und Armen.

„Was ist passiert? Wo sind die anderen?"

Meine Stimme überschlug sich, so sehr hatte mich sein Anblick schockiert. Er öffnete den Mund, aber konnte nicht antworten. Vor meinen Augen verlor er das Bewusstsein und blieb regungslos liegen. Ich löste mich aus meiner Starre und rief so laut ich konnte Maiaras Namen. Ein starker Wind kam auf, doch ich rief weiter, während ich verzweifelt versuchte, Aaron zu schützen. Mehrere Leute kamen auf mich zu und hoben Aaron mühelos auf ihre Schultern. Ich folgte ihnen und bemerkte die Blutspur, die sie hinterließen. In der Ferne hörte ich einen Wolf heulen und fragte mich, ob er Aaron so übel zugerichtet hatte. Ob ein ganzes Rudel den drei Männern dicht auf den Fersen gewesen war? Und wo waren Aarons Begleiter?

Carol erstarrte, als sie Aaron erblickte. Sie wollte zu ihm eilen, aber ich stellte mich ihr in den Weg. Ich spürte, wie der Zorn in mir hochkochte, und wäre wohl auf sie losgegangen, hätte Maiaras ernster Blick mich nicht getroffen. In diesem Moment wusste ich, dass wir das Schlimmste befürchten mussten. Ich wich nicht von Aarons Seite, als Maiara seine Wunden säuberte und nähte. Er stöhnte ab und an auf, aber blieb bewusstlos. Ich blieb die ganze Nacht wach und überprüfte immer wieder seine Atmung. Ich hielt seine Hand und erzählte ihm Geschichten von der neuen Welt. Ich erzählte ihm von den Kindern, die wir haben würden. Ich hatte mich längst entschieden. Am darauffolgenden Tag bekam er starke Fieberkrämpfe. Maiara ließ die Männer das Eis auf dem Fluss aufbrechen und kühlte seinen Körper immer wieder mit dem kalten Wasser. Die kurzen Momente, in denen er wach war, nutzte sie, um ihm so viel wie möglich von ihrem Rindentee einzuflößen. Dieser sollte das Fieber senken und die Krämpfe lindern. Nach drei Tagen war ich selbst so erschöpft, dass ich drohte, an Ort und Stelle das Bewusstsein zu verlieren. Maiara schickte mich umgehend fort von

Aarons Krankenlager. Sie wusste, ich musste die Gruppe jetzt zusammenhalten und Entscheidungen treffen. Nur wenn ich meine eigenen Kräfte behielt, konnte ich Aaron helfen.

Meine Träume waren voller dunkler Gestalten. Schatten verfolgten mich bis an den Rand einer steinernen Klippe. Ich sah meine Eltern, die ihre Arme nach mir ausstreckten und meinen Namen riefen. Nur ihre toten Augen hielten mich davon ab, ihrer Bitte nachzukommen. Die Träume quälten mich die ganze Nacht. Im Morgengrauen wachte ich schweißgebadet auf und spürte die getrockneten Tränen auf meinem Gesicht. Ich trat vor die Höhle und ging dort langsam in die Hocke. Ich schluchzte auf, als mich die bittere Wahrheit erneut traf, und sank noch tiefer in mich zusammen. Ich weinte, bis ich keine Tränen mehr übrig hatte. Im Osten ging die Sonne auf und ließ mich aufblicken.

Meine Atmung normalisierte sich, als ihre warmen Strahlen mich streiften. Ich schloss die Augen und atmete tief ein und aus. Dann stand ich auf und lief los.

Maiara, die mich die ganze Zeit beobachtet hatte, wollte mich zurückhalten, doch diesmal schob ich sie bestimmend zur Seite. Ich wollte Antworten und Gerechtigkeit. Der Gedanke an Vergeltung ließ mich voranschreiten. Ich war nicht fähig, Gleiches mit Gleichem zu vergelten, aber in der Lage, ein Urteil zu fällen. Immer mehr Personen kamen aus ihren Höhlen und sahen, wie ich schließlich vor Carols Unterkunft anhielt. Diese blickte erstaunt auf, als sie mich bemerkte. Ich erhob meine Stimme.

„Carol, ich möchte von dir wissen, was in diesen Wäldern lebt. Denn du hast es gewusst und sie trotzdem dort rausgeschickt!"

„Du hast Recht, ich wusste es", flüsterte Carol mit gefährlicher Stimme und hielt meinem Blick stand. Ich sah weder Einsicht noch Reue in ihren Augen. „Ich wusste aber auch, dass wir dringend Nahrung benötigten. Wir hatten keine andere Wahl! Sag mir hier und jetzt, dass du anders gehandelt hättest!"

Sie war mir sehr nahe gekommen, doch ich wich nicht zurück.

„Du hast mich von Anfang an schlecht behandelt!“, fuhr sie fort, ohne meine Antwort abzuwarten. „Ich habe es erduldet und Aaron zuliebe geschwiegen. Aber für diese Sache kannst du mich nicht verantwortlich machen!“

„Ich kann sehr wohl! Für die Jagd braucht es viele, du schicktest nur drei nahezu unbewaffnete Männer. Zwei von ihnen fanden in den Wäldern den Tod, einer ist schwer verwundet. Zwei Familien sind nun ohne Vater! Ich frage dich noch einmal, was in diesen Wäldern lebt. Das waren keine Wölfe oder Bären!“

„Nein, es ist ein riesiger Hirsch.“

Ihre Worte verhallten dumpf in meinem Hinterkopf. Für einen Moment glaubte ich, dass Carol sich einen Scherz mit mir erlaubte, doch ihr Blick blieb ernst. Ich sah mich um und blickte in zahlreiche erstaunte Gesichter.

„Ein Hirsch? Aber Hirsche sind Pflanzenfresser!“

„Er greift nicht an, um zu fressen, sondern um sein Rudel zu verteidigen“, antwortete Carol. „Solch ein riesiges Tier gab es zuletzt zu Zeiten der Mammuts. Warum er sein Rudel so aggressiv verteidigt, ist mir unklar. Aber auch die Tiere haben sich anpassen müssen."

Ich starrte sie ungläubig an. Sollte ein Pflanzenfresser tatsächlich zwei Männer getötet und einen schwer verwundet haben? Ich konnte es mir kaum vorstellen. Carol schien meine Gedanken zu erahnen.

„Ich habe gesehen, wie er schon einmal getötet hat. Auf einem meiner ersten Streifzüge konnte ich das Rudel in den Wäldern beobachten. Der Hirsch tötete vor meinen Augen einen ausgewachsenen Wolf und vertrieb seine Gefährten."

Da ich nicht reagierte, schien nun die Panik in Carol aufzusteigen. Ihre Stimme wurde schriller, ihre Körperhaltung angespannter.

„Aaron hat es gewusst! Ich habe ihn gewarnt und er sagte mir, dass er die Situation unter Kontrolle haben würde. Wenn er die Männer nicht informierte, ist das nicht meine Schuld. Ich schickte sie nicht unwissend in den Tod!"

„Aber du hast ihn dazu angetrieben", antwortete ich und war erstaunt über meine eigene Ruhe. „Aus irgendeinem Grund willst du ihm imponieren. Das versuchst du schon, seit wir hier angekommen sind.“

Nun war es Carol, die schwieg. Ihre Augen suchten den Boden und bewegten sich unruhig hin und her. Ich hörte, wie Maiara und die restlichen Anwesenden den Atem anhielten. Sie spürten, dass ich eine Entscheidung getroffen hatte. Ich nahm eine ungeheure Kraft in mir wahr, als ich mich zu ihr umdrehte und mich zu voller Größe aufrichtete.

„Ich will, dass du uns verlässt. Auf der Stelle. Nimm, was du tragen kannst, bleibe in diesem Tal, aber verlasse unsere Gemeinschaft!“

Carol stockte bei meinen harten Worten der Atem.

„Das kannst du nicht machen! Aaron würde das niemals erlauben!“

Maiara räusperte sich, doch ich hob energisch den Arm, um sie zum Schweigen zu bringen. Ich war entschlossen, die Sache zu beenden.

„Bevor wir dich trafen, legte Aaron die Verantwortung für diese Menschen in meine Hände, sollte ihm etwas zustoßen. Dieser Fall ist nun eingetreten. Ich verbanne dich aus dieser Gemeinschaft. Das ist mein Urteil!"

Carols Gesichtszüge gefroren, bis sie schließlich vollkommen erstarrt waren. Sie wandte sich von mir ab und begann mechanisch, ihre wenigen Habseligkeiten in einem kleinen Beutel zu verstauen. Um ihre Schultern legte sie ein wärmendes Fell. So ausgerüstet warf sie noch einen letzten leeren Blick auf mich und verschwand dann in Richtung der Wälder. Maiara trat an meine Seite und berührte meinen Arm. In ihrem Gesicht standen Fassungslosigkeit und Entsetzen über meinen Entschluss. Ihre Stimme bebte gefährlich.

„Du musst deine Entscheidung überdenken, ich bitte dich! Das Exil kann hier für einen einzelnen Menschen den Tod bedeuten!"

„Es ist die Strafe für ihr Handeln. Auch diese neue Welt fordert Gerechtigkeit ein und ich war in der Lage, sie zu erteilen. Es ist falsch in deinen Augen, aber nur so können wir überleben. Du solltest mich nie wieder anzweifeln!"

Ich sah zum ersten Mal Furcht in den Augen einiger Anwesenden. In einer anderen Zeit hätten sie das Knie vor mir gebeugt, im Hier und Jetzt zählte für mich nur, dass sie meinen Worten Glauben schenkten. Ich hatte mich verändert und wollte es in die Welt hinausrufen. Macht war mir fremd, ebenso wie Anerkennung. Die Verantwortung lastete schwer auf meinen Schultern und ich musste lernen, mit ihr umzugehen, damit sie mich nicht erdrückte. Ich richtete meinen Blick auf die Spuren, die Carol im Schnee hinterlassen hatte. Der Gedanke an Aarons Verletzungen erstickte den letzten Funken Reue, den mein Verstand versuchte, mir so vehement einzureden.

Ich begleitete Maiara in den folgenden Wochen häufig zum Fluss. Ich versuchte, mich auf diese Weise abzulenken und Aarons vorwurfsvolle, noch vom Fieber gezeichneten Blicke auszublenden. Mein Beschluss bezüglich Carol hatte sein Gesicht noch blasser werden lassen.

„Sein Schweigen ist wie Gift für mich", erzählte ich Maiara zum wiederholten Male, während wir nebeneinander herliefen. „Als ich es ihm sagte, nickte er nur, bat mich, ihn allein zu lassen und wandte sich dann von mir ab. Ich habe die Tränen in seinen Augen gesehen. Sie zerrissen mein Herz.“

„Dein Handeln hat ihn sehr verletzt“, antwortete Maiara leise. „Carol hatte stets einen Platz in seinem Herzen und du hast ihn enttäuscht.“

Ich schwieg und richtete meinen Blick zum Himmel. Der fallende Schnee kühlte mein erhitztes Gesicht. Aaron würde überleben, aber hatte ich ihm mit meiner Entscheidung die Möglichkeit genommen, vollständig zu heilen?

Ich bemerkte es kaum, als Maiaras ausgestreckter Arm mich traf und am Weiterlaufen hinderte. Aus ihrem Gesicht war jegliche Farbe gewichen. Der Schnee unter unseren Füßen war rotgefärbt.

„Ist das Blut?“, flüsterte ich und sah mich rasch nach allen Seiten um. Ich konnte kein Raubtier entdecken, wir schienen allein zu sein. Maiara entfernte sich ein Stück von mir und stieß dann einen gequälten Laut aus. So schnell ich konnte, folgte ich ihr. Direkt am Ufer lagen zwei leblose Gestalten.

„Ama und Enola“, brachte Maiara tonlos hervor und ging in die Hocke, um den Puls der Schwestern zu fühlen. „Sie haben sehr viel Blut verloren.“

Ich spürte, wie sich das Entsetzen in mir ausbreitete.

„Denkst du, dass sie angegriffen wurden?“

Maiara erhob sich und ließ ihre Augen über die wenigen Kräuter gleiten, die trotz der Kälte unter dem Schnee wuchsen. Sie nahm einige von ihnen in die Hand und zerrieb sie zwischen ihren Fingern. Ein herber Geruch stieg mir in die Nase. Das Gesicht der Medizinfrau verdunkelte sich.

„Sie wurden nicht angegriffen“, sprach sie mit ernster Miene. „Sie haben ihre Schwangerschaften trotz meiner Warnungen selbst beendet.“

Die *Natives* entzündeten Fackeln und harrten in der Dunkelheit vor den Höhlen aus. Ihre Gesänge waren erfüllt von Trauer und Hoffnung gleichermaßen. Ama rang noch um ihr Leben, Enola hatten wir verloren. Maiara nickte mir zu und ließ mich dann mit Ama allein. Trotz ihres kritischen Zustands musste ich mit ihr über das Geschehene sprechen.

„Es tut mir Leid um deine Schwester. Ich muss dich fragen, warum ihr diesen Entschluss gefasst habt. Warum ihr keinem etwas gesagt habt."

Der Schmerz saß tief in dem Gesicht der Frau, die um einige Jahre älter war als ich. Sie richtete sich auf und schloss die Augen.

„Ich habe bereits zwei Kinder verloren. Sie sind kurz nach der Katastrophe in meinen Armen verhungert. Niemand konnte etwas dagegen tun. Es ist nicht wichtig, wer der Vater unserer Kinder war, aber wir teilten ihn mit aufrichtiger Liebe. Ich wollte Enola beschützen und bin nun für ihren Tod verantwortlich. Damit muss ich bis an das Ende meiner Tage leben. Heute ist es wie damals. Wir finden keine Nahrung und ich werde nicht noch ein Kind unnötig leiden lassen. Schon sehr bald werden viele von uns die Farben der Trauer tragen und unsere Lieder zum Himmel aufsteigen lassen."

Ich war nicht fähig, etwas auf ihre Worte zu erwidern. Ich ließ sie schlafen und trat hinaus vor die Höhle. Die anderen erwarteten mich bereits.

„Was heute passiert ist, darf nicht noch einmal geschehen", begann ich, nachdem ich für einen Moment nach den richtigen Worten gesucht hatte. „Auch nur eine von euch zu verlieren, bedeutet einen großen Verlust für unsere Gemeinschaft. Heute haben wir Enola verloren, morgen könnte es jemand anderes sein, wenn wir nicht lernen, einander zu vertrauen."

Ich blickte in das Gesicht jedes Einzelnen. Besonders die Frauen hatten ihre Blicke gesenkt. Sie litten sehr unter dem Verlust von Enola.

„Ich bin nicht dazu befähigt, über eure Körper zu entscheiden", fuhr ich mit ernster Stimme fort. „Ich kann euch nicht dazu zwingen, Kinder auszutragen, die es in dieser neuen Welt vielleicht nicht schaffen. Aber ich bitte euch, nicht so unbedacht mit eurem eigenen Leben zu spielen. Die Kräuter, die Ama und Enola verwendeten, sind gefährlich. Sie lösen bei falscher Anwendung starke Blutungen aus, die euch töten können. Wenn ihr ein Problem habt, wendet euch an Maiara, sie wird euch helfen, wann immer ihr sie darum bittet."

Einige von ihnen, insbesondere die jungen Frauen, nickten zögerlich. Ich hoffte inständig, dass sie den Ernst der Lage verstanden hatten. Es bestand Hoffnung, denn sie schienen mich als ihre Stimme anzunehmen. Nach und nach verschwanden die *Natives* in ihren Höhlen und die Lichter erloschen in der dunklen Nacht. Am Ende waren nur noch Maiara und ich übrig.

„Ich weiß, das war schwer für dich", sprach die Medizinfrau und schenkte mir einen verständnisvollen Blick. „Alles, was du zu ihnen sagtest, widerspricht deinem Glauben. Es war mutig und selbstlos von dir."

„Es ist nicht mein Glaube, der mir Probleme bereitet. Mich belastet, dass schon genug Menschen ihr Leben gelassen haben. Neues Leben wird sich einen Weg bahnen und wir sollten es nicht daran hindern. Viele Tage voller weiterer Herausforderungen liegen vor uns und nur gemeinsam können wir sie meistern. Ich brauche Aaron an meiner Seite. Wird er mir verzeihen?"

Maiara seufzte leise und sah hinauf zu den Sternen.

„Mit der Zeit wird er es. Ihr seid füreinander bestimmt und er wird lernen, mit deiner Entscheidung umzugehen. Vertraue ihm ein weiteres Mal!"

Ich nickte. Als sie gegangen war, richtete ich meinen Blick ebenfalls in den Himmel. Die Sterne schienen hell und gaben mir Trost.

„Gute Nacht, Mama, gute Nacht, Papa. Schlaft gut!"


# Kapitel 5

In den ersten Morgenstunden des neuen Jahres kamen einige Männer aus Maiaras Stamm zu mir. Aufgeregt deuteten sie auf eine kleine Gruppe Personen, die sich unserem Lager langsam näherte. Ich erhob mich und betrachtete sie genauer. Da Aaron noch immer zu geschwächt war, würde ich sie in unserer Gemeinschaft begrüßen müssen. Ich hatte zu entscheiden, ob sie bei uns leben würden, denn die *Natives* vertrauten meinem Urteil.

Ich hatte geahnt, dass dieser Tag einmal kommen würde, bezweifelte aber, dass wir dazu bereit waren, weiteren Überlebenden ein sicheres Heim zu bieten.

Die Nahrung war nach wie vor knapp, die eisigen Temperaturen zwangen uns, näher zusammenzurücken, um die Wärme der Feuer zu nutzen. Besonders nachts fielen die Temperaturen weit unter den Gefrierpunkt. Die Kleidung, die uns in den Sommermonaten noch genügt hatte, musste durch die Felle der *Natives* aufbereitet werden. Sie arbeiteten Tag und Nacht, um vor allem die Kinder bei den kalten Temperaturen warmzuhalten.

Der Anführer der fremden Gemeinschaft trat auf mich zu. Sein Auftreten war selbstbewusst, seine Haare waren bereits ergraut, doch in seinen Augen sah ich ein Licht, das mir eine Gänsehaut bereitete. Er war hochgewachsen, mindestens zwei Meter groß, dennoch hielt ich seinem Blick stand, als ich zu ihm aufblickte. Er schenkte mir ein Lächeln, das ich nicht deuten konnte.

Für einen kurzen Moment lenkte ich meine Aufmerksamkeit auf die Frauen, die hinter ihm standen. Sie sahen erschöpft aus, vermutlich waren sie tagelang durch Schnee- und Eisstürme gelaufen. Nur zwei junge Männer gehörten neben dem Anführer zu der

Gemeinschaft. Niemand sprach ein Wort. Solch eine Art der Unterordnung war mir fremd. Ich konnte nicht einschätzen, ob sie aus Furcht vor ihm schwiegen oder aus Respekt.

„Willkommen in diesem Tal", begrüßte ich den Anführer und lächelte seine Begleiter freundlich an. Doch sie schwiegen weiterhin. „Mein Name ist Tamaya", fuhr ich, verunsichert durch ihr Verhalten, fort. Den Fremden vor mir schien es nicht zu stören, im Gegenteil. Er streckte mir seine Hand entgegen. Ich wollte zögern, aber überwand mich schließlich doch.

„Dies ist meine Familie", begann der Fremde und deutete auf die Menschen hinter sich. „Ich bin Adrian. Wir suchen einen Platz für die Nacht."

„Dort drüben", sprach ich und zeigte zu unserem Lager hinüber. „Solltet ihr danach bei uns bleiben wollen, können wir später darüber sprechen."

Adrian nickte und warf einen erneuten Blick hinter sich.

„Meine Frau und meine Tochter brauchen einen Arzt."

Ich tauschte einen schnellen Blick mit Maiara. Diese trat zögerlich vor.

„Ich werde alles versuchen, um ihnen zu helfen."

Adrian musterte sie für einen Moment, sein Blick ruhte auf ihrer dunklen Haut. Doch er sprach nicht aus, was ihm durch den Kopf ging. Ich beobachtete die Szene mit wachsender Unruhe. Etwas stimmte nicht.

Es dauerte eine ganze Weile, bis Maiara zu mir zurückkehrte. Ohne ein Wort zu sagen, fasste sie mich am Arm und führte mich fort von den Höhlen. Ihr Blick schweifte ruhelos umher und ich hatte Mühe, ihr überhaupt zu folgen. Selbst als ich stolperte, zog sie mich weiter. Ich beschloss, mich auf den Weg vor mir zu konzentrieren und folgte ihr ohne Wiederworte bis an den Rand der Wälder. Erst dort schien sie aufzuatmen. Ich blieb stehen und holte selbst ein paar Mal tief Luft.

„Maiara, was ist passiert? Warum bist du so aufgelöst?"

Noch einmal ließ sie ihren Blick umherschweifen, angespannt und voller Sorge. Doch da war noch mehr. Ich sah Zorn und Unverständnis in ihren Augen.

„Ich habe sie beide untersucht, Mutter und Tochter!", stieß die Medizinfrau hervor.

„Sie sind schwanger, oder? Mein Gott, das arme Mädchen! Sie ist kaum sechzehn."

„Das ist es nicht", antwortete Maiara ernst. „Dies ist nicht ihre erste Schwangerschaft. Ich erkenne es, wenn eine Frau schon einmal entbunden hat. Und das hat sie, vor nicht allzu langer Zeit. Bei ihrer Mutter ist es ähnlich."

Ich versuchte, ihre Worte zu verarbeiten. Sie wogen schwer in meinem Herzen.

„Aber wo sind ihre Kinder? Hast du sie danach gefragt?"

„Das habe ich. Sie sagten, sie seien gestorben, erfroren in der Kälte. Sie konnten nichts dagegen tun. Tamaya, ich kann ihnen nicht glauben. Sie sagten es, als wären sie nicht dabei gewesen, als würden sie keinen Schmerz empfinden."

„Es klingt, als wären sie wie gelähmt", erwiderte ich leise. „Was für ein Verlust."

Maiara nickte, in Gedanken schien sie aber weit weg von mir zu sein.

„Da ist noch mehr. Olivia verschweigt uns etwas. Sie ist noch verschlossener als ihre Mutter. Ich denke, dass du mit ihr reden solltest."

„Und was möchtest du von ihr wissen?"

Maiara zögerte für einen Moment, rang sich dann aber doch zu einer Antwort durch.

„Frag sie nach dem Vater ihres Kindes. Ich hoffe, dass ich falsch liege."


Adrian fing mich vor den Höhlen ab. Ich bemerkte sofort, wie mein Puls in die Höhe schnellte. Mein Körper signalisierte mir Angst vor einem Mann, den ich nicht kannte.

„Warte, ich möchte mit dir reden. Hast du einen Moment für mich?"

Seine Frage war unschuldig, seine Stimme einschmeichelnd. Dennoch hatte ich Mühe, seiner Bitte Folge zu leisten. Ich deutete ein knappes Nicken an und wir begannen, ein Stück zu laufen. Adrian fuhr sich durch sein graues Haar und seufzte.

„Ich kann verstehen, dass ihr uns misstraut. Deine Gemeinschaft ist besonders und unterscheidet sich sehr von der meinen. Kann *sie* Janet und Olivia helfen?“

„Ihr Name ist Maiara“, erwiderte ich kühl und vergaß für einen Moment, dass ich ihm vor wenigen Augenblicken noch mit Furcht gegenübergetreten war. „Sie wird sich gut um sie kümmern. Hast du gewusst, dass die beiden schwanger sind?“

Adrian schüttelte langsam den Kopf. Er schien nachdenklich geworden zu sein.

„Tatsächlich? Nun, dann sollte ich meinem Schöpfer danken. Auch, dass er mir *Maiara* gebracht hat. Eine wilde Medizinfrau …“

„So denkst du über sie?“, sprach ich und dachte nicht im Traum daran, meine Wut zu unterdrücken. Adrian sah mich an, erstaunt von meiner Reaktion.

„Nun, es sind doch Wilde, oder nicht? Wilde, Ungläubige, Heiden, wie auch immer man sie in dieser Welt nennen mag. Sie glauben nicht an den einen Gott, also …“

„Also denkst du, dass du sie als Wilde bezeichnen kannst. Einfach so. Wenn du es genau wissen willst, sie sind gläubiger als jeder andere in diesem Tal!"

„Kein Glauben ist größer als der meine", antwortete Adrian ruhig. „Ich wurde auserwählt von meinem Schöpfer und werde seinen Auftrag ausführen."

Ich konnte ihn nur anstarren, während sich die Ungläubigkeit über seine Worte in mir ausbreitete. Wenn er meinte, was er gerade gesagt hatte, ging von ihm womöglich mehr Gefahr aus, als Maiara und ich bisher geglaubt hatten.

„Was ist mit dir?", rief er mir hinterher. „Willst du keine Familie?"

Ich drehte mich noch einmal zu ihm um.

„Ich habe noch nicht entschieden."

Er musterte mich und ich bekam erneut eine Gänsehaut.

„Du solltest das Geschenk annehmen, dass *unser* Schöpfer dir vermacht hat. Schenke *ihm* Kinder, Nachkommen, die diese Erde bevölkern. Wenn es niemanden gibt, stehe ich dir gerne zur Verfügung."

Ich wich zurück und konnte die Abscheu in meinen Augen nicht verbergen.

„Du denkst, du seist allmächtig, gottgleich, auserwählt. Doch glaube mir, ich werde mich niemals für jemanden entscheiden, der glaubt, eines Tages auf dem Wasser laufen zu können. Sich mit dem Teufel zu verbinden, kann tödlich enden.“

## Kapitel 6

„Olivia, kann ich mit dir reden?“

Die junge Frau blickte bei meinen Worten auf, überlegte einen Moment und nickte dann.

„Aber bitte lass meine Mutter schlafen. Sie hat einige schlaflose Nächte hinter sich. Vielleicht verliert sie sogar ihr Kind …“

„Und wie geht es dir?“, fragte ich leise. Für einen kurzen Augenblick legte Olivia die Hand auf ihren flachen Bauch.

„Es geht mir gut, danke.“

„Ich habe einige Fragen an dich. Sie werden direkt sein und dir womöglich sehr wehtun“, begann ich zögerlich, nachdem wir eine Weile geschwiegen hatten. Olivia sah mich nicht an, nickte aber. Ich nahm meinen ganzen Mut zusammen.

„In welchem Verhältnis stehst du zu Adrian? Ich dachte, er sei dein Vater …“

„Er ist mein Vater“, antwortete Olivia tonlos. Ihre dunklen Augen trafen die meinen. „Er ist mein Vater …“

„Und der deiner Kinder“, beendete ich ihren Satz. Ihr Blick sagte mehr als tausend Worte. Ich spürte einen Kloß in meinem Hals. „Ich weiß nicht, was ich sagen soll.“

„Niemand von uns verdient dein Mitleid, denn wir ließen es geschehen.“

Ihre Worte ließen meine Gedanken kreisen. Ich hatte Mühe, meiner Stimme einen ruhigen Klang zu verleihen.

„Wann war das erste Mal als er …“

„Sich zu mir legte? Ich war zwölf. Meine Mutter kam zu mir. Sie sagte, Adrian würde mir nun sein Geschenk überreichen. Ich vertraute ihr. Er tat mir weh, aber trocknete danach wie ein Vater meine Tränen. Nach dieser Nacht dauerte es beinahe zwei Jahre, bis er wieder zu mir kam. Er hatte bestimmt, dass ich nun bereit dazu sei, Mutter zu werden. Neun Monate später wurde Samuel geboren. Genauso wie mein Bruder Benjamin. Aber etwas stimmte nicht mit meinem kleinen süßen Jungen."

„Was war es?", fragte ich, während ich versuchte, die aufsteigenden Bilder in meinem Kopf zu verdrängen.

„Ich kann es kaum beschreiben. Seine Augen waren schmaler, sein Kopf größer. Er war eben anders, aber in meinen Augen wunderschön. Er lebte, verstehst du."

*Die grausame Realität der Natur*, dachte ich im Stillen und senkte den Blick. Die Antwort auf das Widernatürliche, den Inzest, die Blutschande, auf den Missbrauch, den ein Vater an seiner Tochter verübt hatte, anstatt sie zu beschützen.

„Warum mussten Samuel und Benjamin sterben?"

Meine Frage verhallte in der erdrückenden Stille. Olivias Hand ruhte mittlerweile auf ihrer schlafenden Mutter, die sich unruhig bewegte. Janet entspannte sich.

„Adrian sagte, dass Samuels Platz nicht in diesem Tal sei. Dass er Frieden finden würde an einem besseren

Ort. Benjamin sollte ihn begleiten, als treuer Gefährte. Wir ließen es geschehen. Wie Schafe, die willenlos ihrem Hirten folgen."

Adrian hatte also tatsächlich seine eigenen Söhne getötet. Seine Gefolgsleute hatten es als Wille ihres Gottes akzeptiert. Olivia beobachtete meine Reaktion genau. Sie schien abzuwägen, wie viele grausame Wahrheiten ich noch ertragen konnte. Ich nahm ihr die Entscheidung ab.

„Sag es mir. Ich möchte wissen, ob ich euch in Zukunft vor Adrian beschützen muss."

Sie zögerte kurz und brach dann ihr Schweigen.

„Nur Benjamin, Samuel und ich sind die leiblichen Kinder von Adrian. Die zwei älteren Jungen, die du gesehen hast, sind meine Stiefbrüder. Alles, was ich dir zu ihnen sagen kann, sind Teile meiner Erinnerungen aus einer einzigen Nacht vor vielen Jahren. Ich war noch sehr jung, ein halbes Kind. Ich hörte Schreie. Die beiden litten Qualen. Adrian verließ ihr Haus, an seinen Händen klebte Blut. Seitdem haben sie nie wieder gesprochen, aber sie wünschen sich, sie hätten es wie die anderen vor ihnen nicht geschafft. Ich kann es in ihren Augen sehen.“

Ich starrte sie wortlos an. Die Erkenntnis hatte mich wie ein Schlag getroffen. Adrian hatte dafür gesorgt, dass keiner seiner Söhne ihm gefährlich werden könnte.

„Entschuldige mich!“, stieß ich hervor und versuchte, die aufsteigende Übelkeit noch einen Moment zu unterdrücken. Ekel und Abscheu, gepaart mit blankem Entsetzen, breiteten sich in mir aus. Sobald die kalte Luft mich traf, gab ich das Wenige von mir, das ich am Morgen gegessen hatte. Besorgt trat Maiara an meine Seite.

„Was ist da drinnen passiert? Was hat sie dir erzählt?“

Ich würgte erneut und bemerkte den bitteren Geschmack in meinem Mund. Ich schwitzte trotz der kalten Temperaturen. Zitternd richtete ich mich auf, die Hand noch immer auf meinen Magen gepresst.

„Es ist schlimmer, als wir befürchtet haben. Wenn wir sie nicht bei uns aufnehmen, sind all diese Menschen ihm ausgeliefert.“

Nach meinem Gespräch mit Olivia quälten mich tagelang Albträume. Ich wusste, dass ich mit Aaron reden musste. Er musste die Wahrheit über Adrian erfahren.

In meinen Träumen war ich wieder klein, hilflos und verängstigt. Ich hörte meine Mutter nach mir rufen, während ich mich unter meinem Bett versteckte. Mir schlug das Herz bis zum Hals. Dies war kein Spiel für mich. Meine Angststörung war so real wie der Krieg, der schon seit einiger Zeit andauerte. Doch mein Leiden war nicht traumatischer Natur. Vielleicht war es angeboren, zumindest wusste niemand, woher es gekommen war. Die Panikattacken nahmen mir die Luft zum Atmen. Die Schritte meiner Mutter kamen näher. Sie ging in die Hocke und entdeckte mich.

„Liebling, alles ist in Ordnung. Komm her zu mir!"

Ich war durch die Angst wie gelähmt. Der Anfall ebbte nur langsam ab. Ich versuchte zu atmen, wie der Arzt es mir gezeigt hatte. Bereits mit meinen zehn Jahren hatte ich verstanden, dass diese Übungen überlebensnotwendig für mich waren. Meine Mutter wartete geduldig, bis ich mich dazu überwinden konnte, mein Versteck zu verlassen.

„Was ist los, mein Schatz? Was hat dir Angst gemacht?"

Ich konnte ihre Frage nicht beantworten. Erschöpft sank ich in ihre Arme und weinte. Die Abstände zwischen meinen Anfällen wurden größer, aber sie waren noch immer stark. Meine Mutter strich über mein Haar und murmelte einige beruhigende Worte.

So behielt ich sie in Erinnerung. In den ersten Tagen meiner einsamen Reise waren die Angstattacken zurückgekehrt, so schlimm wie schon seit Jahren nicht mehr. Ich blieb auf dem harten Untergrund sitzen und versuchte zu atmen, während sich mir das Wasser ohne Gnade näherte. Nur mühsam kam ich auf die Füße und spürte meine bleischweren Beine. *Ich muss weiterlaufen, wenn ich überleben will*, schärfte ich mir immer wieder ein. Mein Plan ging auf. Ich begann einen Wettlauf gegen das Wasser und fühlte, wie ich mit jedem Schritt freier wurde. Meine verspannten Muskeln lockerten sich.

Alle, die mich gekannt hatten, hätten sich über meinen Wandel gefreut. Mir bereitete er Sorgen. Die

Angst war noch immer mein ständiger Begleiter und tief in mir verankert. Seit Tagen hatte ich Aaron gemieden, zwischen uns hatte es nur wenige Worte gegeben. Im Moment war ich stärker als die Angst, die Frage war, wie lange dieser Zustand noch andauern würde. Würde ein Gespräch mit ihm alles verändern? Ich führte unsere Gemeinschaft, weil ich es musste — ich traf Entscheidungen, weil die Menschen es von mir erwarteten. Aber ich wusste, es wurde Zeit, dass Aaron an seinen rechtmäßigen Platz zurückkehrte. Alles schien miteinander verbunden zu sein. Carols Verbannung, unsere Beziehung zueinander, die Liebe, die ich für ihn empfand und die er womöglich nie wieder erwidern würde, sogar die Ankunft der neuen Gemeinschaft, das alles lastete erdrückend auf meinen Schultern. Aarons Zeit war gekommen. Entschlossen betrat ich seine Höhle. Er saß mit dem Rücken zu mir und reagierte kaum auf mein Eintreten.

„Aaron? Bitte, wir müssen reden."

„Mir ist im Moment nicht danach."

Ich durchquerte die Höhle und griff ihn härter als beabsichtigt an der Schulter. Die Passivität seiner Stimme machte mich wütend.

„Das hier ist wichtig! Es geht um …“

„Wirklich, es interessiert mich nicht.“

„Wach endlich auf und sieh dich um! Hier geht es um die Zukunft unserer Gemeinschaft!“

Er fixierte mich mit einem durchdringenden Blick.

„Wenn du meine Meinung zu deiner Entscheidung bezüglich Adrian möchtest, so gratuliere ich dir, *Anführerin*.“

„Genau darum geht es. Sie alle warten auf dich … davon abgesehen solltest du längst wieder an meiner Seite stehen. Ich bin womöglich gerade dabei, einen großen Fehler zu machen.“

Ich meinte, ihn leise schnauben zu hören. Es klang wie ein wortloser Vorwurf, der mich härter als erwartet traf.

„Verdammt noch mal, Aaron“, fuhr ich fort. „Ich kann das nicht allein. Und selbst, wenn du körperlich noch nicht wiederhergestellt bist …“

„Sieh mich an!", donnerte Aaron. Ich wich überrascht von seinem Ausbruch einige Schritte zurück und stieß gegen die Höhlenwand. Aaron atmete schwer, in seinen Augen sah ich den Schmerz, den seine halbverheilte Wunde ihm bereitete.

„Ich bin ein Wrack! Ich werde den Rest meines erbärmlichen Lebens hinken — glaubst du, die Menschen sehnen sich nach einem hinkenden Anführer, der sie nicht verteidigen kann?"

„Aber du hast überlebt! Und sie sehen zu dir auf …"

„So siehst du das also? Manchmal wünschte ich, Maiara wäre gescheitert. Ich werde nicht mehr jagen können und ich kann sie nicht gegen Adrian verteidigen, wenn das dein nächster Punkt gewesen wäre. Nein, Tamaya. Die Männer hören auch auf dich. Du hast ihr Vertrauen. Stell sie auf, wenn du meinst, das Wohl aller aufs Spiel setzen zu müssen. Aber halte mich aus deinen Plänen heraus!"

„In Wahrheit geht es immer noch um Carol, nicht wahr?"

Ich hörte nur sein leises Atmen und wartete angespannt auf seine Antwort. Minuten schienen mir wie Stunden vorzukommen. Aaron ging langsam zurück zu seinem Lager und setzte sich.

„Mir geht es darum, dass du dich verändert hast. Es gab eine Zeit, da wolltest du meine Hand vor Angst nicht loslassen. Ich wünsche dir nicht, dass diese Angst zu dir zurückkehrt, denn ich weiß nicht, wo sie ihren Ursprung hatte … aber ich komme mit deinem Wandel nicht zurecht. Wer bist du heute, Tamaya?“

Ich hockte mich vor ihn, wagte aber nicht, ihn noch einmal anzufassen.

„Ich kann dir nur so viel sagen: Seit ich denken kann, war die Angst ein Teil von mir. Sie steckt tief in mir verborgen und wartet darauf, Besitz von mir zu ergreifen. Du willst wissen, woher mein Wandel kommt? Bis zur vollkommenen Erschöpfung habe ich an deiner Seite gesessen, hatte Zusammenbrüche, die ich nur mühsam überwinden konnte. Ich sah jedoch auch Hoffnung in meinen wenigen guten Träumen. Ich sah Leben, Aaron. Ich musste stark sein in den letzten Wochen. Wenn du denkst, dass es mir leicht gefallen ist, irrst du dich gewaltig. Ich … liebe dich. Du kannst mich hassen, mich ignorieren, aber lass die Menschen dort draußen nicht im Stich."

„Wenn es dein Wunsch ist, werde ich für sie da sein."

Mit diesen Worten legte er sich hin und wandte sich von mir ab. Ich starrte ihn an, sagte aber kein Wort mehr. Die Situation zwischen uns hatte sich trotz meiner Worte nicht verändert — sie schien sogar schlimmer geworden zu sein. Da ich nicht wollte, dass er meine aufsteigenden Tränen sah, ging ich hinüber in meine eigene Höhle. Diesmal war ich froh, dass ich allein war. Stumme Tränen rannen an meinen Wangen hinunter, während ich an eine Zeit dachte, in der wir tatsächlich Hand in Hand unter den Sternen gelaufen waren, vereint und im Rhythmus des anderen. Doch ich dachte nicht an die Angst, die mich noch am Anfang gelenkt hatte, sondern an die Zeit, in der sich aus meinen ersten unschuldigen Gefühlen Liebe entwickelt hatte. Liebe für diesen starken Fremden, der nun ein gebrochener Mann war. Der mir nie für meine Entscheidung bezüglich seiner Seelengefährtin vergeben würde. Der mich allein ließ mit der Verantwortung für so viele Menschen. Während ich mich langsam beruhigte, musste ich verbittert feststellen, dass Maiara ihm von Adrian erzählt hatte. Aaron wusste alles, aber zeigte sich unbeeindruckt. Er verteidigte Adrian nicht, der seine Kinder geschändet, missbraucht und getötet hatte - aber er sprach sich auch nicht gegen sein Bleiben aus. Nur einen Kampf gegen ihn lehnte er ab. Ich musste erkennen, dass sein eigener Stolz im Vordergrund stand und sein Augenmerk nicht auf diesem gefährlichen Neuankömmling lag. Noch nicht und vielleicht niemals.

## Kapitel 7

Selbst im März hielt die durchdringende Kälte an. Gefrierender Regen überzog alles Leben, altes und neues, mit einer weiteren Schicht aus dickem, klarem Eis.

Ich entfernte mich nur wenige Meter von unserem Lager, wenn ich allein unterwegs war. Doch heute zogen mich die Wälder aus unerklärlichen Gründen in ihren Bann. Etwas war anders als sonst. Seit Tagen wehte ein starker Nord-Ost-Wind, jetzt war es totenstill. Ich passierte die kahlen Sträucher und erreichte die ersten hochgewachsenen Tannen. In ihrem Schatten standen ihre Zöglinge, die erst in vielen Jahren ein Teil der Wälder sein würden. Je näher ich ihnen kam, desto deutlicher hörte ich ein leises Stöhnen. Ich bog die Äste zur Seite und erstarrte in meiner Bewegung. Vor mir stand Carol.

Eigentlich hockte sie mehr, als dass sie stand, und gemessen an dem Ausdruck auf ihrem Gesicht hätte sie vor Schmerzen schreien müssen. Carol bekam in diesem Augenblick direkt vor meinen Augen ein Kind.

„Carol", konnte ich nur tonlos hervorbringen. Ich sah das Blut und ihren schmerzgekrümmten Körper. Ich wollte auf die Knie fallen und sie um Vergebung bitten, aber ich war wie gelähmt und brachte kein Wort heraus. Sie war zu uns zurückgekehrt, jedoch nicht, um mit Aaron zusammen zu sein. Sie war hier, um ihr Kind zu beschützen.

„Bitte, nimm ihn!"

Carols schwache Worte holten mich zurück in die Realität. Sie saß auf dem eiskalten, gefrorenen Boden und hielt das Baby mit letzter Kraft in ihren Armen.

„Carol, du blutest …“

„Ich weiß, es wird nicht aufhören. Nimm ihn, ich bitte dich!“

Unsicher griff ich nach dem Neugeborenen und breitete meinen Mantel schützend über ihm aus. Ich spürte seinen kleinen, kräftigen Herzschlag und festigte meinen Griff. Anschließend wandte ich mich wieder seiner Mutter zu.

„Ich werde ihn zum Lager bringen, danach kehre ich zu dir zurück. Du musst wach bleiben, hörst du mich? Ich hole Hilfe!“

„Warte! Es ist zu spät für mich, aber nicht für ihn. Er muss leben und es wird deine Aufgabe sein, für ihn zu sorgen!“

Ich starrte sie ungläubig an, dann fiel mein Blick auf den Jungen, der mich aus großen Augen ansah. Mein Herz machte einen Sprung und Wärme breitete sich in mir aus. Ich glaubte, eine Liebe zu spüren, die ich nie zuvor gespürt hatte. Aber es war auch die Angst, die mir die Kehle zuschnürte.

„Ich … kann das nicht!“

„Doch, du kannst! Aaron braucht dich und zusammen werdet ihr meinem Sohn von mir erzählen. Das ist das Einzige, was du mir schuldest!"

Die *Natives* sahen mich schon von weitem und machten mir hastig Platz. Alles, was sie sahen, waren meine blutverschmierten Hände und das Neugeborene, das ich an mich presste.

„Maiara ... ich brauche ihre Hilfe."

Der Medizinfrau stockte der Atem, als sie mich sah. Ich war kaum in der Lage, ihr zu berichten, was geschehen war.

„Es geht um Carol. Sie ist dort draußen. Du musst ihr helfen!"

„Wie war ihr Zustand, als du sie verlassen hast?"

„Sie sagte, es würde nicht aufhören zu bluten ..."

Ohne ein weiteres Wort drängte sich Maiara an mir vorbei. Ich bemerkte ihre Berührung kaum.

„Aber ... was kann ich tun?"

„Halte ihn warm! Um den Rest kümmere ich mich später."

„Habt ihr gerade Carol gesagt?"

Maiara hatte keine Zeit, um sich noch einmal umzudrehen, und so stand ich Aaron nun gegenüber. Seine Brust hob und senkte sich hastig, sein Blick blieb ungläubig an dem Baby hängen. Sein Mund öffnete sich erneut, doch er brachte kein Wort mehr heraus. So schnell es ihm seine Verletzung erlaubte, folgte er Maiara. Ich blieb allein zurück und bemerkte, wie die Folgen meines Schocks sich bemerkbar machten. Ich begann, am ganzen Körper zu zittern, während mein Puls raste. Das Baby in meinen Armen schrie aus Leibeskräften. Eine leise Stimme drang an mein Ohr.

„Ist schon gut, komm mit uns.“

„Nein, sie hat ihn *mir* anvertraut!“

„Niemand wird ihn dir wegnehmen, ihr sollt euch nur aufwärmen.“

Ich blinzelte und sah Janet und Olivia vor mir. Gemeinsam gelang es ihnen, mich mit sanfter Gewalt in die Höhle zu drängen. Doch die Wärme, die mich augenblicklich hätte empfangen müssen, schaffte es nicht, zu mir durchzudringen. Ich ließ mich auf einen Stein sinken und wiegte das Baby hilflos in meinen Armen.

„Er hört nicht auf zu weinen …“

„Gib ihn mir“, sagte Janet. „Er hat Hunger. Oder hat er schon getrunken?“

„Nein!“, schluchzte ich auf, „Carol war zu schwach.“

Olivia tauschte einen kurzen Blick mit ihrer Mutter, der mir nicht verborgen blieb. Ich musste sofort an Adrian denken.

„Er ist nicht hier!“, versuchte Olivia mich zu beruhigen.

„Und dies ist unsere Entscheidung allein“, fügte Janet hinzu. „Hab keine Angst. Er wird ihm nichts tun. Du hast mein Wort!“


Wir blickten auf, als Aaron und Maiara zurückkehrten. Ich erkannte an ihren Gesichtern, dass Carol es nicht geschafft hatte. Maiara senkte bekümmert den Kopf, als mein Blick sie traf. Aarons Gesicht dagegen war von Trauer und Wut gleichermaßen gezeichnet.

„Wo ist der Junge?“, fragte er leise.

Ich reagierte innerhalb von Sekunden.

„Es geht ihm gut, er schläft.“

„Und woher willst du das wissen?“

Aaron kam auf mich zu. Ich wagte kaum zu atmen und stellte mich schützend vor das schlafende Baby.

„Bitte, lass ihn in Ruhe."

„Ich will, dass du mir meinen Sohn gibst. Ich werde ihn erlösen. Ich werde nicht zulassen, dass er leidet!"

„Du bist von Sinnen! Wir haben uns gemeinsam um ihn gekümmert und er wird überleben!"

Für einen kurzen Augenblick verharrte Aaron in seiner Bewegung. Sein Blick streifte Janet und Olivia.

„Ich möchte nicht, dass Adrian sich ihm nähert!"

„Das wird er auch nicht", beeilte Janet sich zu sagen. „Ich werde deinen Sohn stillen, nicht mehr und nicht weniger. Sollte Tamaya mich darüber hinaus um Hilfe bitten, werde ich ihr diese nicht verwehren!"

Aaron drehte sich zu mir um.

„Warum wählte sie dich? Du hast sie verbannt!"

„Weil sie zurückkehrte, um ihren Sohn zu beschützen!", stieß ich mit erstickter Stimme hervor.

„Sie wählte mich, weil ich in diesem Moment die einzige Person war, an die sie sich wenden konnte. Sie handelte selbstlos! Du kannst nicht töten, was ein Teil von dir ist!"

„Carol ist tot!“

„Aber du lebst, genau wie ich! Ich werde mich jedes Mal, wenn ich den Jungen ansehe, daran erinnern, was ich getan habe. Ich werde lernen müssen, mit diesem Gefühl zu leben. Doch wenn du sein Leben gewaltsam beendest, wirst du dir das niemals verzeihen! Es gibt andere, die Leben grundlos nehmen — du bist keiner von ihnen!“

Ich beobachtete Maiara, die sich für die Bestattungszeremonie vorbereitete. Für einen Moment streifte ihr Blick den Jungen, den ich Kenan genannt hatte, dann schenkte sie mir ein trauriges, aber aufrichtiges Lächeln.

„Dein Schmerz und deine Schuldgefühle werden erträglicher werden.“

Ich nickte mechanisch. In meinem Kopf tobte ein Sturm.

„Ich werde hierbleiben. Er soll von Carol Abschied nehmen können, ohne dass ich ihn daran erinnere, warum sie gestorben ist.“

Maiara schüttelte den Kopf und ergriff meine Hand.

„Du bist nicht verantwortlich für Carols Tod!"

„Ich schickte sie fort."

„Das war vor vielen Monaten. Sie hat gewusst, dass sie schwanger war. Vermutlich schon, als wir auf sie trafen."

„Aber wenn sie etwas gesagt hätte …"

„Vielleicht hättest du anders entschieden, das stimmt."

Ich schwieg und blickte in ihre stets aufmerksamen Augen.

„Hast du es gewusst, als du mich von meiner Entscheidung abbringen wolltest?"

„Nein, nicht zu diesem Zeitpunkt. Aber ich denke, dass ich sie wenige Tage vor ihrer Niederkunft am Fluss gesehen habe. Sie hat viel Zeit mit meinem Stamm verbracht und kannte die Kräuter, die ihre Schmerzen lindern würden. Sie war geschwächt durch den Blutverlust und als du sie getroffen hast, war es bereits zu spät. Vermutlich hat sie das gewusst."

Die Nacht brach über das Tal hinein, als Carols Feuer hell aufleuchtete. Der Schnee fiel in dichten Flocken und nahm mir beinahe die Sicht auf unsere trauernde

Gemeinschaft, die ihr die letzte Ehre erwies. Eine einzelne Träne traf den kleinen Jungen, der ungestört und friedlich in meinen Armen weiterschlief.

*Fortsetzung folgt …*